Lea Rotschachen

5 vor 12

Band 2

Lea Rotschachen

5 vor 12
Was summt da noch?

Bibliografische Information der Deutschen Nationalbibliothek: Die Deutsche Nationalbibliothek verzeichnet diese Publikation in der Deutschen Nationalbibliografie; detaillierte bibliografische Daten sind im Internet über http://dnb.dnb.de abrufbar.

Verlag: BoD · Books on Demand GmbH, Überseering 33, 22297 Hamburg, bod@bod.de

Druck: Libri Plureos GmbH, Friedensallee 273, 22763 Hamburg

ISBN: 978-3-8192-6429-0

*Dieses Buch ist den Insekten und all den kleinen
Stimmen gewidmet,
die unsere Welt mittragen – leise, beständig,
unersetzlich.*

Anton und der Mülleimer

Es war ein kalter Wintermorgen, und der Wald lag still und friedlich unter einer dicken Schneedecke. Doch tief im Inneren des Waldes, an einem kleinen Häuschen der Menschen, begann Anton, eine fleißige Arbeiterameise, zusammen mit seiner Kolonie eine erstaunliche Entdeckung zu machen.

Es war schon eine ganze Weile her, seit die ersten Ameisen durch den Spalt einer Hintertür in das Gebäude gelangt waren. Anfangs war es nur ein Abenteuer gewesen – ein kleines Loch, durch das sie in eine neue Welt gelangten. Aber je mehr Anton und seine Freunde es entdeckten, desto mehr nahmen sie das Angebot an. Der Mülleimer war voll mit Essensresten! Die Ameisen waren begeistert, dass sie so leicht an Nahrung kamen, und sie mussten nicht mehr stundenlang nach Blättern und Samen suchen, die nur spärlich und weit entfernt wuchsen.

„Schaut euch das an!", rief Anton voller Freude zu seinen Freunden. „So viel Futter! Wir müssen uns gar keine Sorgen mehr machen. Es ist so bequem!"

Die Kolonie folgte ihm begeistert und sammelte alles, was sie finden konnten. Der Mülleimer war wie ein riesiges Festmahl, das sich immer wieder auffüllte. Anton fühlte sich zufrieden. Warum sich noch abmühen, wenn es doch so einfach war? Die Kälte draußen spielte keine Rolle mehr, und die Ameisen mussten keine weiten Strecken mehr zurücklegen, um an Nahrung zu kommen.

Doch irgendwann bemerkte Anton, dass es nicht mehr nur eine einmalige Sache war. Jeden Tag kamen mehr Ameisen, immer wieder fanden sie neue Essensreste und immer weniger mussten sie im Wald suchen. Langsam begannen die Ameisen, sich mehr und mehr auf den Mülleimer zu verlassen.

Eines Tages, als die Sonne gerade unterging, hörte Anton eine vertraute Stimme. Es war Fanny, die Füchsin, die regelmäßig auf Kontrollgang durch den Wald zog. Sie hatte den Mülleimer schon bemerkt und war neugierig, warum so viele Ameisen um das Haus herumschlichen.

„Anton", sagte Fanny und sah ihn mit ihren scharfen Augen an, „ich sehe, dass ihr es euch hier gemütlich gemacht habt. Aber was ist mit der Natur draußen? Was ist mit dem Wald?"

Anton zuckte mit den Schultern und grinste. „Warum sollten wir noch in den Wald gehen? Hier gibt es genug zu essen, und es ist so viel einfacher. Kein Regen, keine Kälte, kein langes Suchen. Warum sich den Kopf zerbrechen?"

Fanny setzte sich und dachte nach. „Ich verstehe, dass es verlockend ist, aber der Wald gehört zu euch. Ihr habt eure Aufgabe dort, und ihr solltet euch nicht nur auf den Mülleimer verlassen. Was passiert, wenn der Mülleimer plötzlich leer ist? Was macht ihr dann?"

Anton blickte zu Boden. „Nun, ich hatte nie darüber nachgedacht. Aber hier ist es einfach so schön
und warm. Wir sind es jetzt gewohnt."

Fanny nickte mit einem ernsten Blick. „Manchmal
ist es leicht, sich an den bequemen Weg zu gewöh-
nen. Aber ihr habt eure Unabhängigkeit verloren.
Die Natur ist es, die euch alles bietet – Nahrung,
Schutz, ein Zuhause. Der Mülleimer ist nur eine
kurzfristige Lösung. Was passiert, wenn die Menschen ihn nicht mehr benutzen oder die Tür nicht
mehr offensteht?"

Anton überlegte und ging ein paar Schritte nachdenklich. „Du hast recht, Fanny. Vielleicht sind
wir zu bequem geworden. Wir haben uns nicht
wirklich darum gekümmert, wie es im Wald weitergeht."

„Ihr müsst wieder lernen, wie man für sich selbst
sorgt, Anton", sagte Fanny mit einem sanften Lächeln. „Ihr habt euren Platz in der Natur. Ihr müsst
wieder nach draußen gehen, um zu suchen, zu arbeiten und zu wachsen. Der Mülleimer mag be-

quem sein, aber er ist keine dauerhafte Lösung. Die Natur ist stärker, als ihr denkt. Ihr müsst eine Balance finden zwischen dem, was ihr hier findet, und dem, was ihr draußen habt."

Anton sah seine Kolonie an, die weiterhin fleißig in dem Mülleimer sammelte. „Vielleicht haben wir uns wirklich zu sehr auf den Mülleimer verlassen", sagte er nachdenklich. „Wir haben vergessen, wie viel es draußen noch zu entdecken gibt. Vielleicht ist es an der Zeit, wieder die Balance zu finden."

Also machte Anton, begleitet von Fanny, einen Vorschlag an die Kolonie. „Hört zu, Freunde! Der Mülleimer hat uns viel gegeben, aber wir sollten uns nicht nur darauf verlassen. Es gibt noch viel mehr im Wald zu entdecken. Lasst uns gemeinsam nach draußen gehen und wieder lernen, wie wir uns von der Natur ernähren können. Der Wald ist unser Zuhause, und wir müssen uns wieder darum kümmern."

Die Ameisen stimmten zu, und gemeinsam verließen sie den warmen Mülleimer. Sie begannen,

zurück in den Wald zu gehen, um nach Nahrungs-
quellen zu suchen. Es war nicht immer einfach,
aber sie fühlten sich stärker und unabhängiger.
Sie lernten, dass es wichtig war, sich an die Natur
anzupassen, aber ebenso wichtig, ihre Unabhängigkeit und ihre Verbindung zur wilden Welt zu
bewahren.

Anpassung ist wichtig – doch nur im Einklang mit der Natur.

Wahre Stärke liegt in der Balance zwischen Veränderung und der Bewahrung unserer natürlichen
Lebensräume.

Bina und das leere Insektenhotel

Es war ein kühler Frühlingstag im Wald, und Bina, die junge Wildbiene, flog fröhlich durch die Luft. Die Sonne schien, und die Blumen blühten. Doch während die Blumen für die anderen Bienen und Insekten ihren süßen Nektar anboten, fühlte Bina sich unruhig. Sie suchte nach einem neuen Zuhause, einem Platz, an dem sie brüten konnte und der sicher vor den vielen Gefahren des Waldes war.

„Ich habe gehört, dass es jetzt überall Insektenhotels gibt", dachte sie, „vielleicht finde ich dort ein schönes Zuhause für mich und meine Jungen."

Bina flog weiter und fand bald das Insektenhotel, das von den Menschen im Wald aufgestellt worden war. Es war aus Holz und hatte viele kleine Löcher, in denen Bienen, Wespen und andere Insekten wohnen könnten. Doch als sie näher kam, bemerkte Bina etwas, das sie enttäuschte: Das Hotel war leer. Keine Bienen, keine Wespen, keine Insekten. Die Löcher waren zwar vorhanden, aber es war kein Leben darin.

„Oh nein!", seufzte Bina. „Hier gibt es keinen Platz für mich. Warum ist dieses Hotel leer?"

Da hörte sie das knarrende Geräusch von Dieter, dem Dachs, der sich aus seinem Bau grunzend, den Weg durch das Gras bahnte. Er hatte das Summen der Biene gehört und kam neugierig näher.

„Na, was hast du da, Bina?", fragte Dieter mit seiner tiefen, ruhigen Stimme. „Warum schaust du so betrübt?"

Bina erklärte Dieter, was sie gefunden hatte. „Dieses Insektenhotel ist leer! Es gibt keinen Platz für uns Bienen. Es sieht aus, als ob die Menschen versucht haben, uns ein Zuhause zu bauen, aber es hilft uns nicht. Es gibt nichts zu essen hier, keine Blumen, keine Bäume, nichts, was uns Nahrung gibt. Warum haben die Menschen nur das Haus gebaut, ohne uns das zu geben, was wir wirklich brauchen?"

Dieter setzte sich auf den Waldboden und betrachtete das Insektenhotel nachdenklich. „Ich verstehe, Bina", sagte er schließlich. „Die Menschen haben dieses Hotel gebaut, um uns zu helfen, aber sie haben nicht verstanden, dass ein Zuhause allein nicht genug ist. Es ist wie ein Haus ohne Garten. Es gibt viel Platz, aber es gibt nichts zu tun, keine Blumen, keine Nektarpflanzen, keine Bäume, die uns Nahrung bieten."

Bina flog um das Insektenhotel und sah sich die leeren Löcher an. „Warum haben sie das gemacht? Warum haben sie nicht auch für uns gesorgt, indem sie mehr Blumen und Bäume pflanzen?"

„Es ist, weil die Menschen oft nicht verstehen, wie alles miteinander verbunden ist", erklärte Dieter. „Sie sehen nur, was sie sehen wollen: Ein Haus für uns, ein schönes, sauberes Hotel. Aber sie vergessen die Natur drumherum. Ohne Nahrung, ohne die Pflanzen, die uns ernähren, ist ein Hotel nur ein leerer Raum. Die Bienen und Insekten brauchen die Blüten, die Blumen und die Wälder, um zu überleben. Es ist nicht genug, nur ein Gebäude zu schaffen."

Bina dachte darüber nach. „Also, was sollen wir tun? Wie können wir etwas ändern?"

„Wir können uns nicht nur auf die Menschen verlassen", sagte Dieter. „Wir müssen auch selbst aktiv werden. Du musst die Blumen suchen, die du brauchst, und wir müssen den anderen Tieren und Pflanzen helfen, wieder mehr von dem zu finden, was wir brauchen. Vielleicht können wir sogar die Menschen auf die richtige Weise ansprechen und ihnen zeigen, wie wichtig es ist, nicht nur Häuser zu bauen, sondern auch die Natur zu bewahren, damit wir dort leben können."

Bina nickte nachdenklich. „Du hast recht, Dieter. Wir müssen mehr tun, als nur auf Hilfe zu warten. Aber ich glaube, wenn wir zusammenarbeiten, können wir die Natur wieder ins Gleichgewicht bringen."

Dieter lächelte sanft. „Genau, Bina. Jeder von uns, ob groß oder klein, hat eine Rolle zu spielen. Du, als Biene, bist dafür verantwortlich, die Blumen zu finden und das Leben im Wald zu bestäuben. Ich, als Dachs, muss dafür sorgen, dass der Boden gesund bleibt. Und die Menschen – nun, wir müssen ihnen zeigen, wie wichtig es ist, beides zu bewahren. Das Haus und den Garten."

Bina flog aufgeregt durch die Luft und summte. „Ich werde die besten Blumen finden! Ich werde mit den anderen Bienen sprechen und uns gegenseitig unterstützen. Und wir werden dafür sorgen, dass die Menschen verstehen, dass es nicht nur um Häuser geht, sondern auch um die Natur, die uns ernährt."

Dieter nickte zufrieden. „Du bist auf dem richtigen Weg, Bina. Und wenn du Hilfe brauchst, kannst du immer auf mich zählen."

Bina fühlte sich ermutigt. Es gab noch viele Herausforderungen, aber jetzt wusste sie, dass sie nicht alleine war. Wenn alle zusammenarbeiteten und die Menschen verstanden, dass sie sowohl die Infrastruktur als auch die Natur schützen mussten, würde der Wald wieder ein Ort des Lebens und der Freude für alle Tiere und Pflanzen sein.

Ein Zuhause braucht Nahrung.

Ein sicherer Ort reicht nicht – es braucht auch Lebensgrundlagen, um wirklich Heimat zu sein.

Sima sucht das Summen

Es war ein sonniger Morgen im Wald, und Sima, die kleine Smaragdeidechse, krabbelte durch das Gras. Sie hatte lange überlegt, aber heute war der Tag gekommen. „Ich muss den alten Ort finden", dachte sie und schaute auf das Stück Wald, das sie vor so vielen Monaten verlassen hatte.

Sima erinnerte sich noch genau, wie die alten Baracken dufteten und wie das Summen der Insekten überall zu hören war. Früher, als sie jung war, war der Wald ein Ort voller Geräusche. Die Bienen summten, die Käfer klapperten, und die Flügel der Libellen flogen sanft durch die Luft. Aber als sie jetzt durch den Wald schlich, fühlte sie eine seltsame Stille.

„Es ist nicht wie früher", dachte sie. „Wo ist das Summen geblieben?"

Sima hatte die alten Baracken verlassen, als die Menschen damit begannen, die Gebäude zu renovieren. Der Platz, an dem sie früher in den Ritzen und Spalten geschlüpft war, war jetzt verändert. Statt der alten, bröckelnden Wände waren neue, moderne Gebäude entstanden. Und mit ihnen war auch das Summen der Insekten verschwunden.

„Vielleicht sind sie noch da", flüsterte Sima und machte sich auf den Weg, die alten Gebäude zu suchen. Sie kroch zwischen den Büschen und Bäumen, immer tiefer in den Wald hinein, bis sie schließlich den ehemaligen Platz der Baracken erreichte.

Aber was sie fand, war enttäuschend. Die Wände waren glatt und frisch gestrichen. Es gab keine Ritzen mehr, keine versteckten Ecken für Insekten, die ihren Nistplatz bauen konnten. Der Boden war eben und leer. Die Luft war still. Kein Summen, kein Krabbeln, nichts.

„Was ist nur mit dem Wald passiert?", fragte sich Sima traurig. „Wo sind die Insekten? Wo ist das Leben, das immer hier war?"

In diesem Moment hörte sie eine leise, beruhigende Stimme. Es war Dreibein, der Igel, der hinter einem Busch hervorkam und Sima mit einem freundlichen Blick ansah.

„Sima, warum bist du so traurig?", fragte er sanft.

„Es ist alles anders geworden", antwortete Sima. „Die alten Baracken, der Wald – alles hat sich verändert. Früher war es hier voller Leben, voller Summen und Flügelschläge. Aber jetzt ist es still. Ich habe meine Heimat verloren."

Dreibein nickte und setzte sich neben Sima. „Manchmal verändert sich die Welt um uns herum, und es ist schwer, einen Platz zu finden, der sich noch wie zu Hause anfühlt. Aber weißt du, Sima, Heimat ist nicht nur der Ort, an dem wir leben. Heimat ist auch das, was uns umgibt – die Geräusche, die Gerüche und die Gemeinschaft. Du hast den Klang der Insekten vermisst, weil du dich damit verbunden fühlst. Aber vielleicht gibt es auch andere Wege, Heimat zu finden."

Sima schaute Dreibein fragend an. „Aber wie soll ich die Heimat finden, wenn das Summen fehlt?"

Dreibein dachte einen Moment nach und sagte dann: „Schau dich um. Der Wald hat sich verändert, aber er ist immer noch da. Vielleicht musst du lernen, auf andere Weise zu hören. Heimat ist auch da, wo du dich sicher und wohlfühlst. Vielleicht gibt es andere Orte, an denen das Leben sich in anderen Formen zeigt."

Sima setzte sich auf den Boden und dachte nach. Es war wahr, dass der Wald still war, aber er war immer noch der Ort, den sie kannte. Der Duft der Erde war der gleiche, der Wind war der gleiche, und auch die Bäume standen noch dort, ruhig und stark. Sie schloss ihre Augen und lauschte dem leisen Rascheln der Blätter und dem entfernten Plätschern eines Baches.

Langsam begann sie zu verstehen. Heimat war nicht nur das Summen der Bienen oder das Krabbeln der Käfer. Heimat war der Wald, das Leben in all seinen Formen. Es war das, was sie liebte und was sie nun auf eine neue Weise verstehen konnte.

„Ich verstehe", sagte Sima leise. „Heimat ist auch da, wo das Leben still bleibt und trotzdem weitergeht."

„Genau", antwortete Dreibein. „Manchmal ist es schwer, den alten Klang zu finden, aber wenn wir genau hinsehen und zuhören, können wir neue Melodien entdecken. Der Wald verändert sich, aber er bleibt immer ein Zuhause, auch wenn wir uns manchmal neu orientieren müssen."

Sima lächelte und richtete sich auf. „Ich werde lernen, die neuen Klänge des Waldes zu hören. Vielleicht ist es nicht das alte Summen, aber das Leben ist trotzdem noch hier. Ich muss nur darauf achten, was um mich herum ist."

Dreibein nickte zustimmend. „Und du wirst deinen Platz finden, Sima. Heimat ist mehr als nur ein Ort. Sie ist auch das, was in uns ist und wie wir uns mit der Welt verbinden."

Sima schaute zum Himmel und fühlte sich ein kleines Stück mehr zu Hause. Der Wald war anders geworden, aber er war immer noch der Wald, und sie war immer noch ein Teil von ihm.

Heimat ist Gefühl und Verbindung.

Nicht der Ort, sondern das, was uns umgibt, trägt das Zuhause – auch in der Veränderung können wir neue Wurzeln schlagen.

Hornessa fliegt allein

Es war ein sonniger Herbsttag, und Hornessa, die stolze Hornisse, flog hoch über dem Wald. Sie liebte es, durch die Lüfte zu sausen und den warmen Wind unter ihren Flügeln zu spüren. Früher hatte sie in den verlassenen Mauerritzen der alten Kaserne genistet, wo sie und ihre Freunde in Ruhe ihr Nest bauen konnten. Doch die Gebäude waren längst renoviert worden, und ihre Nester waren verschwunden. Hornessa hatte keinen sicheren Ort mehr, an dem sie sich niederlassen konnte.

„Was soll ich nur tun?", dachte Hornessa frustriert. „Früher war es so einfach! Aber jetzt ist alles anders. Wo soll ich nur hin?"

Hornessa flog weiter durch den Wald, suchte nach einem neuen Platz, doch überall war es entweder zu eng oder von Menschen überbaut. Sie sah die vielen neuen Gebäude, die zwischen den Bäumen und Wiesen aufgetaucht waren. Der Wald war verändert, und Hornessa fühlte sich verloren.

Plötzlich hörte sie ein leises Rufen. Es war Orla, die weise Eule, die von einem Baum aus herabblickte. „Hornessa, warum fliegst du so alleine?"

Hornessa ließ sich neben Orla nieder und erzählte ihr von ihren Sorgen. „Ich habe keinen Platz mehr zum Nisten. Die Menschen haben die alten Gebäude renoviert, und ich kann keinen sicheren Ort finden. Ich fliege die ganze Zeit umher, aber nichts fühlt sich mehr wie Zuhause an."

Orla nickte verständnisvoll. „Ich verstehe deine Sorgen, Hornessa. Der Wald verändert sich, und viele Tiere müssen sich anpassen. Aber vielleicht gibt es noch andere Tiere, die ebenfalls ihren Platz verloren haben. Vielleicht könnt ihr euch zusammentun und einen neuen Ort finden, an dem ihr alle sicher leben könnt."

Hornessa war unsicher. „Aber wie soll das funktionieren? Wir sind so verschieden. Wir Hornissen sind nicht wie die anderen Tiere im Wald."

Orla lächelte weise. „Es ist wahr, dass wir alle verschieden sind. Aber die Unterschiede machen uns stark. Wenn ihr zusammenarbeitet, könnt ihr etwas Neues schaffen. Jeder von euch bringt seine eigenen Stärken mit, und zusammen könnt ihr einen sicheren Platz finden."

Hornessa dachte über Orlas Worte nach. „Vielleicht hast du recht", sagte sie schließlich. „Ich werde es versuchen."

Also machte sich Hornessa auf den Weg, um andere Tiere zu finden, die ebenfalls ihren Platz verloren hatten. Bald traf sie Käthe, die kleine Mistkäferin, die ihre Kugel durch den Wald rollte. „Käthe, wie geht es dir? Hast du einen sicheren Ort gefunden?", fragte Hornessa.

Käthe schüttelte den Kopf. „Ich habe mein Zuhause verloren, als die alten Bäume gefällt wurden. Ich bin auf der Suche nach einem neuen Platz, aber es gibt so viele Hindernisse."

„Wir können uns zusammentun", schlug Hornessa vor. „Vielleicht finden wir gemeinsam einen neuen Ort."

Gemeinsam flogen und rollten sie weiter, bis sie Dieter, den Dachs, trafen, der ebenfalls auf der Suche nach einem neuen Bau war. „Die alten Gänge wurden überbaut", sagte Dieter mit einer traurigen Stimme. „Ich finde keinen Platz mehr, an dem ich in Ruhe schlafen kann."

Hornessa erklärte ihm ihren Plan. „Wir müssen zusammenhalten, Dieter. Wenn wir uns vereinen, können wir gemeinsam ein neues Zuhause finden."

Dieter nickte nachdenklich. „Vielleicht habt ihr recht. Wir sollten uns zusammentun und nach einem geeigneten Platz suchen."

So machten sich Hornessa, Käthe und Dieter auf den Weg, um Bromia, den Brombeerstrauch, zu finden, der in einer Ecke des Waldes lebte. Bromia war alt, aber robust, und er hatte in den letzten Jahren viele Veränderungen miterlebt. „Ihr sucht nach einem neuen Platz?", fragte Bromia, als er die Tiere sah. „Ihr wisst, dass der Wald sich verändert hat. Aber es gibt immer noch Orte, an denen ihr willkommen seid."

Dank Bromia fanden die Tiere einen alten, versteckten Teil des Waldes, der noch unberührt war. Es war ein Ort, an dem sie alle Platz finden konnten: Hornessa konnte ihr Nest in einem Baumstamm bauen, Käthe konnte ihre Kugeln in einem geschützten Bereich rollen, und Dieter konnte einen sicheren Bau anlegen.

„Es ist nicht perfekt, aber es ist unser Zuhause", sagte Dieter zufrieden, als er seinen Bau anlegte. „Wir haben zusammengearbeitet und einen Platz gefunden, der uns allen dient."

Hornessa flog hoch und betrachtete den neuen Ort. „Wir haben es geschafft", sagte sie stolz. „Wir haben zusammen etwas Neues geschaffen, obwohl wir alle verschieden sind. Gemeinsam sind wir stärker."

Gemeinsam sind wir stärker.

Unterschiede bereichern. Jeder hat etwas beizutragen – zusammen finden wir neue Wege.

Die Stille im Gras

Es war ein sanfter Frühlingstag im Wald. Die Sonne schien warm und freundlich, die Vögel sangen ihre Lieder, und der Wald war voller Leben. Aber für Fred, den Grashalm, war es zu still. Normalerweise konnte er das Summen der Bienen und das Krabbeln der Käfer hören, die über das Gras liefen, aber heute war alles ruhig. Kein Summen, kein Krabbeln – nur eine seltsame Stille.

„Es ist wirklich zu still heute", dachte Fred und bog sich im Wind. „Normalerweise hört man hier das Summen der Bienen, das Hämmern der Käfer und das Rascheln der Ameisen. Aber heute? Heute ist alles wie abwesend."

Fred war schon lange im Gras des Waldes verwurzelt und hatte die vielen Veränderungen des Waldes mit eigenen Augen gesehen. Doch heute machte ihn diese Stille nachdenklich. „Was ist nur los?", fragte er sich.

Erwin, der Regenwurm, kam langsam durch den feuchten Boden gekrochen, als er Freds Gedanken bemerkte. Erwin hatte das gleiche Gefühl. „Du hast recht, Fred. Es ist wirklich sehr still", sagte er mit seiner leisen Stimme, die fast genauso sanft war wie der Regen, der ihn geformt hatte. „Ich habe keine Käfer gehört, die auf der Erde krabbeln, keine Vögel, die den Boden nach Futter durchsuchen. Es ist, als ob der Wald eine Pause gemacht hat."

„Vielleicht ist das nur ein Tag der Ruhe", sagte Fred, aber auch er war nicht sicher. Es fühlte sich anders an.

Erwin nickte langsam. „Vielleicht, aber ich frage mich, ob es mehr bedeutet. In den letzten Wochen habe ich bemerkt, dass immer weniger Käfer kommen. Die Bienen verschwinden auch. Früher war der Boden immer voller Leben – jetzt… nicht mehr so viel."

Fred dachte nach. Er hatte die vielen Blumen im Wald gesehen, die weniger wurden, und die Bäume, die nicht mehr so viele Früchte trugen. Der Wald schien sich zu verändern, und die Stille war ein weiteres Zeichen dafür. „Ich glaube, du hast recht", sagte Fred schließlich. „Ich habe das Gefühl, als ob die Veränderung sich langsam bemerkbar macht. Die Bienen kommen nicht mehr so oft vorbei, die Käfer suchen andere Plätze, und die Blumen sind kaum noch zu finden. Irgendetwas stimmt hier nicht."

„Es ist, als ob der Wald etwas verloren hat", sagte Erwin, „etwas, das ihn früher lebendig gemacht hat. Aber wenn wir genau hinhören, können wir vielleicht noch etwas spüren. Etwas in der Stille. Etwas, das uns sagen möchte, dass wir aufpassen müssen."

„Was meinst du?" fragte Fred neugierig.

Erwin dachte nach und sagte dann: „Manchmal spricht die Stille lauter als jedes Geräusch. Wenn Tiere und Pflanzen verschwinden und der Wald sich verändert, dann könnte es ein Zeichen dafür sein, dass wir aufpassen müssen. Vielleicht verlieren wir einen Teil von dem, was den Wald stark gemacht hat."

Fred nickte. „Ja, die Stille bedeutet, dass wir etwas nicht mehr hören, was früher immer da war. Es ist, als ob der Wald nicht mehr so voll ist wie früher. Aber was können wir tun, Erwin?"

Erwin zuckte mit den Schultern. „Wir können uns an das erinnern, was der Wald einmal war. Wir können versuchen, das zu bewahren, was noch da ist. Wenn wir merken, dass etwas fehlt, dann können wir es wieder einladen. Wir können neue Samen pflanzen, neue Pflanzen wachsen lassen, und dafür sorgen, dass die Tiere zurückkehren. Der Wald braucht uns, genauso wie wir ihn brauchen."

Fred sah sich um und spürte die Veränderung in der Luft. „Ja, du hast recht. Wir dürfen nicht aufgeben. Wir müssen den Wald retten. Vielleicht ist die Stille eine Erinnerung daran, wie wichtig es ist,

dass wir zusammenarbeiten und den Wald lebendig halten."

In diesem Moment begann ein leiser Wind durch
das Gras zu wehen, und Fred fühlte sich wieder
etwas lebendiger. Die Stille war immer noch da,
aber sie hatte jetzt eine andere Bedeutung. Sie war
eine Erinnerung an die Verantwortung, die jeder
im Wald hatte – die Verantwortung, den Wald zu
schützen und wieder lebendig zu machen.

„Wir werden nicht aufgeben", sagte Fred fest. „Der
Wald lebt in uns und in allem, was wir tun. Wenn
wir zusammenhalten, können wir die Veränderung zum Guten wenden."

Und so saßen Fred und Erwin still nebeneinander,
doch in ihren Herzen wussten sie, dass sie nicht
alleine waren. Der Wald, so still er auch war, trug
immer noch die Hoffnung in sich, dass er wieder
zu Leben erwachen würde – mit ihrer Hilfe.

Wenn es still wird, beginnt das Erinnern.

Verlorenes wahrzunehmen ist der erste Schritt zur
Veränderung – Erinnerung schafft Verantwortung.

Die Nacht der Spähne

Es war ein kühler Herbstabend im Wald, und die Blätter der Bäume rauschten im Wind. Sina, die Holzbiene, hatte gerade ihren Nistplatz im alten Holzlager erreicht. Früher war es ein wunderbarer Ort gewesen – ein stiller Platz, der von vielen anderen Tieren gemieden wurde. Hier hatte sie ihre Röhre gebaut, tief im verwitterten Holz, wo sie ihre Eier ablegen konnte und die Larven sicher heranwuchsen. Doch in letzter Zeit war alles anders.

Das Holzlager war leer, die Bäume wurden gefällt, und der Platz, der ihr so vertraut war, wurde mehr und mehr vom Menschen verändert. Die Wände des alten Lagers wurden entfernt, und neue Bauten nahmen seinen Platz ein. Sina fühlte sich unsicher und verloren. Der Regen war gekommen und hatte den Boden aufgeweicht, doch in dem alten Lager war nichts mehr zu finden. „Wo soll ich nur hin?", dachte Sina verzweifelt. „Ich kann mein Heim nicht einfach verlieren. Aber wo werde ich jetzt nisten?"

Sie flog ziellos durch den Wald. Ihre Flügel, die sich nach den letzten Sonnenstrahlen gesehnt hatten, fühlten sich plötzlich schwer an. Sina wusste nicht, wohin sie fliegen sollte. Die vertrauten, alten Bäume und Sträucher waren nicht mehr da, und die anderen Bienen, die sie kannte, hatten sich längst an andere Orte zurückgezogen. Sie war ganz allein.

Am Waldrand bemerkte sie eine Bewegung. Lea, die Wildkatze, die oft in der Nähe des Waldes unterwegs war, schlich durch das Dickicht. Sina hatte Lea schon oft beobachtet und wusste, dass sie immer eine gute Beobachterin war. Sie beschloss, zu ihr zu fliegen und nach Hilfe zu fragen.

„Lea!", rief Sina aus der Luft. „Lea, kannst du mir helfen? Ich habe mein Zuhause verloren. Es gibt keinen Platz mehr für mich im Wald. Der Mensch hat alles verändert."

Lea drehte sich um und blickte die Holzbiene mit ihren grünen Augen an. „Was ist los, Sina? Warum fliegst du hier so herum?"

„Das alte Holzlager, in dem ich gewohnt habe, ist verschwunden", erklärte Sina. „Der Mensch hat es entfernt, und jetzt weiß ich nicht, wo ich hinsoll. Es gibt keinen Platz mehr für mich."

Lea dachte nach. „Du hast recht, Sina. Der Wald verändert sich. Viele Tiere suchen neue Plätze, und der Wald ist nicht mehr wie früher. Aber vielleicht kannst du noch etwas finden, wenn du nicht aufgibst. Ich kenne einen Ort, an dem sich das Leben in einer ganz anderen Weise erneuert."

„Ein neuer Ort?", fragte Sina hoffnungsvoll. „Wo ist er?"

„Komm mit", sagte Lea und winkte mit ihrem Schwanz. „Ich zeige dir den Weg."

Lea führte Sina durch den Wald, vorbei an den Bäumen und den neuen Bauwerken, die den Platz der alten Häuser eingenommen hatten. Sina fühlte sich immer noch unsicher, aber die Wildkatze wusste, wohin sie ging, und das gab ihr ein wenig Trost. Schließlich kamen sie zu einer kleinen Wiese am Rande des Waldes, die von dichten Büschen und Bäumen umgeben war.

„Hier ist der Ort", sagte Lea und setzte sich auf einen Felsen. „Schau dir diesen Platz genau an."

Sina flog näher und betrachtete die Wiese. Sie war voller Gras, und es wuchsen viele Blumen. Es war ein stiller Ort, an dem der Wind sanft wehte und die Blumen im Wind tanzten. Und ein großer Stapel aus alten Bäumen lag etwas abseits der Wiese. Es war noch nicht viel, aber es fühlte sich anders an. Sina spürte, dass hier noch etwas wachsen konnte.

„Das ist wunderschön", sagte Sina leise. „Hier könnte ich meinen Platz finden."

Lea nickte. „Es gibt noch viele Orte wie diesen im Wald. Sie sind nicht so offensichtlich, und die Veränderung ist oft schmerzhaft, aber du kannst deinen Platz wiederfinden, wenn du dich nicht entmutigen lässt."

„Aber es wird nie wieder wie früher sein", sagte Sina traurig. „Der Mensch hat so viel verändert, und viele Orte sind nicht mehr da."

„Das stimmt", sagte Lea. „Aber du bist hier, und das ist wichtig. Der Wald ist voller Möglichkeiten, und auch du kannst deinen Teil dazu beitragen. Es ist nicht immer einfach, und es dauert eine Weile, bis sich alles wiederfindet, aber es gibt immer Hoffnung."

Sina betrachtete die Wiese und spürte, wie etwas in ihr auflebte. Es war nicht das alte Lager, das sie kannte, aber es war ein neuer Anfang. „Ich werde hier mein neues Zuhause finden", sagte sie entschlossen.

„Genau", sagte Lea mit einem Lächeln. „Du musst nur vertrauen, dass der Wald sich wieder erholen wird. Die Veränderung kommt nicht sofort, aber mit der Zeit wird er zurückkehren."

Sina fühlte sich gestärkt. Sie wusste, dass die Zeiten schwierig waren, aber es gab immer noch Platz für diejenigen, die nicht aufgaben und sich der Veränderung anpassten.

Neuanfang ist möglich.

In jeder Veränderung liegt eine Chance – Hoffnung und Mut öffnen Wege, selbst in schwierigen Zeiten.

Ein Nest im Briefkasten

Es war ein sonniger Frühlingstag, als Wesko, die freche Wespe, zum ersten Mal das alte Briefkasten-Häuschen entdeckte. Es stand am Rand des Waldes, fast versteckt hinter einem Busch. Wesko hatte die ganze Gegend abgesucht und schließlich das perfekte Plätzchen für ihr Nest gefunden – einen alten Briefkasten, der zwar von den Menschen nicht mehr genutzt wurde, aber immer noch fest an seinem Platz stand. „Hier werde ich mein Zuhause bauen!", dachte Wesko und flatterte aufgeregt um den Briefkasten.

„Das ist mein Nest!", rief sie freudig und begann sofort, ihre Waben zu bauen. Wesko hatte viel Erfahrung und wusste genau, wie sie das Nest richtig anlegte, damit ihre Familie sicher und gemütlich wohnen konnte. Sie summte fröhlich vor sich hin und arbeitete fleißig an ihrer neuen Behausung.

37

Doch als die ersten Briefe wieder in den Briefkasten geworfen wurden, passierte es: Menschen bemerkten das Nest! Zuerst schauten sie neugierig hinein, doch dann, als sie die Wespe fliegen sahen, riefen sie erschrocken: „Da ist eine Wespe im Briefkasten! Wir müssen sie vertreiben!"

Wesko erschrak. „Oh nein! Die Menschen wollen mich vertreiben!", dachte sie und flog schnell davon, um sich in sicherer Entfernung zu verstecken. Sie war traurig und enttäuscht. Sie hatte gedacht, sie könnte ihr Nest an diesem ruhigen Ort bauen, aber nun schien es, als sei es für die Menschen ein Problem.

Am nächsten Tag, als sie sich wieder dem Briefkasten näherte, um nach ihrem Nest zu sehen, traf sie Dreibein, den Igel. Dreibein hatte alles beobachtet und sah, wie Wesko zögerlich um den Briefkasten kreiste.

„Warum bist du so traurig, Wesko?", fragte Dreibein freundlich.

„Die Menschen wollen mich nicht in meinem Nest lassen!", antwortete Wesko. „Sie haben mich vertreiben wollen, und ich weiß nicht, was ich tun soll. Das ist der einzige Platz, den ich gefunden habe, um mein Nest zu bauen."

Dreibein überlegte kurz. „Es ist verständlich, dass die Menschen sich erschrecken, Wesko. Aber sie wissen vielleicht nicht, dass du nur ein Zuhause suchst. Vielleicht können wir ihnen helfen, dich zu verstehen."

„Aber wie?", fragte Wesko misstrauisch. „Die Menschen werden mich nie akzeptieren!"

„Vielleicht können wir es ihnen zeigen, dass du keinen Ärger machen willst", schlug Dreibein vor. „Manchmal ist es hilfreich, einen Kompromiss zu finden. Lass uns zusammen eine Lösung finden."

Wesko nickte zögerlich und flug aufgeregt in die Luft. „Was sollen wir tun?"

„Lass uns Timo um Rat fragen", sagte Dreibein und machte sich auf den Weg. Sie fanden schnell Timo, den Spatz, der in den Bäumen hoch oben saß und gerade mit seinen Flügeln in der Sonne trocknete.

„Timo!", rief Dreibein. „Wesko hat ein Problem mit den Menschen. Die Menschen wollen ihr Nest im Briefkasten nicht. Was sollen wir tun?"

Timo krächzte und flatterte von seinem Ast. „Vielleicht kann ich helfen. Ich habe die Menschen in der Nähe oft beobachtet. Sie haben viel Angst vor Wespen, weil sie denken, dass sie gefährlich sind. Aber wenn du ihnen zeigst, dass du nicht angreifen willst, könnten sie es vielleicht anders sehen."

„Aber wie soll ich das tun?", fragte Wesko.

„Vielleicht können wir das Nest ein wenig weiter in den Wald verlegen, an einen Ort, wo die Menschen es nicht so leicht erreichen können. Aber wir können es so machen, dass du immer noch in der Nähe bleiben kannst. Und wir können den Menschen klar machen, dass du niemandem etwas tust, solange sie dich in Ruhe lassen", schlug Timo vor.

Wesko dachte nach. „Das könnte funktionieren! Aber wo soll ich es dann hinbauen?"

„Ich weiß da einen Ort", sagte Dreibein. „Folge mir."

Dreibein führte Wesko zu einer kleinen, ungestörten Ecke des Waldes, in der es viele Bäume gab und die Menschen nicht so leicht hinkamen. Es gab einen hohlen Baumstumpf, der perfekt für ein Wespen-Nest war.

„Hier könntest du dein Nest bauen", sagte Dreibein. „Es ist sicher und die Menschen kommen nicht so leicht hierher."

Wesko schwirrte aufgeregt um den Baumstumpf. „Das ist perfekt! Aber was ist mit den anderen Tieren? Werden sie mich auch nicht stören?"

„Keine Sorge", sagte Timo. „Wir alle kennen diesen Ort und werden darauf achten, dass du nicht gestört wirst. Wir können in der Nähe bleiben, aber du musst den Menschen zeigen, dass du friedlich bist."

In den nächsten Tagen arbeitete Wesko zusammen mit Dreibein und Timo, um ihr Nest umzuziehen. Sie legte ihre Waben mit größter Sorgfalt in den hohlen Baumstumpf, und schon bald war alles fertig. Als sie dann einige Zeit später den Menschen begegnete, tat sie ihr Bestes, ruhig und zurückhaltend zu bleiben, damit sie keinen Ärger verursachte.

Die Menschen, die Wesko nun nicht mehr beim Briefkasten sahen, sondern in der Nähe des Baumstumpfs, bemerkten, dass sie niemandem Schaden zufügte. Langsam begannen sie zu verstehen, dass Wesko und ihre Freunde in der Natur genauso wie alle anderen einen Platz zum Leben brauchten.

„Ich habe es geschafft!", rief Wesko stolz, als sie ihren neuen Lebensraum betrachtete. „Ich habe gelernt, dass ich mit den Menschen zusammenleben kann, ohne dass wir uns gegenseitig stören müssen."

„Genau", sagte Dreibein mit einem Lächeln. „Manchmal müssen wir uns anpassen und nach Lösungen suchen, die für alle gut sind."

„Danke für eure Hilfe!", sagte Wesko, während sie fröhlich in ihrem neuen Zuhause herumschwirrte. „Ich hätte das ohne euch nie geschafft."

Verständnis wächst durch Zuhören.

Geduld und gegenseitiges Verstehen helfen, neue Lösungen für ein gemeinsames Leben zu finden.

Die verschwundene Brombeerblüte

Es war ein schöner Frühlingstag im Wald, und der Boden war weich und feucht vom nächtlichen Regen. Greta, das Grasbüschel, stand stolz in der Sonne und fühlte sich stark, da ihre Blätter sich im Wind wiegten. Doch heute war etwas anders. Die Sonne schien nicht so hell wie sonst, und ein merkwürdiger Duft lag in der Luft. Greta konnte ihn nicht genau einordnen, aber er fühlte sich fremd an, als ob etwas nicht stimmte.

Mira, die kleine Maus, kroch unter den Büschen und durch das hohe Gras. Sie war schon den ganzen Tag unterwegs und suchte nach etwas ganz Besonderem – den Brombeerblüten. Früher gab es so viele von ihnen im Wald, die dufteten süß und lockten viele Tiere an. Aber in letzter Zeit hatte sie kaum noch eine gefunden.

„Ich finde keine Brombeeren mehr", dachte Mira traurig. „Was ist mit den Pflanzen passiert, die früher hier gewachsen sind?"

Als sie an einem alten Platz entlang huschte, sah sie plötzlich Greta, die ihre langen Grashalme in den Wind neigte. „Greta!", rief Mira, „hast du die Brombeerhecken gesehen? Ich kann keine finden!"

Greta schüttelte ihren Kopf. „Ich habe auch bemerkt, dass viele der Blumen und Pflanzen weniger geworden sind. Früher gab es so viele Brombeeren, dass der Wald in ihren Blüten duftete. Aber jetzt... ist alles anders."

„Warum ist das so?", fragte Mira. „Wo sind all die Brombeerblüten hin?"

„Ich glaube", sagte Greta nachdenklich, „die Menschen haben viel verändert. Die Straße hat die Hecken zerstört, und die Wälder wurden kleiner. Aber wir können trotzdem noch nach den letzten Blüten suchen. Vielleicht gibt es noch einen kleinen Ort, an dem sie wachsen."

Zusammen machten sich Mira und Greta auf den Weg. Sie krochen durch den Wald, die Bäume standen hoch und weit auseinander, und die Wiesen waren nun oft von Straßen und Gebäuden unterbrochen. Doch sie gaben nicht auf und suchten weiter.

Schließlich, nach einer langen Wanderung, erreichten sie eine kleine Ecke des Waldes, die noch nicht verändert worden war. Und dort, versteckt zwischen den Büschen und Farnen, fanden sie sie – die letzten Brombeersträucher. Doch sie sahen anders aus als früher. Ihre Zweige waren verdorrt, und die Blätter hingen schlaff herunter.

„Das ist der letzte Brombeerstrauch", sagte Greta leise. „Aber die Blüten... sie sind fast verschwunden. Was ist mit ihnen passiert?"

Mira schlich näher und sah sich um. „Sie sind fast ganz weg. Es gibt nur noch wenige Blüten, und der Strauch sieht auch traurig aus."

Da hörten sie plötzlich ein Rascheln im Gebüsch. Bromia, der Brombeerstrauch, erschien langsam aus dem Schatten. „Ich habe gehört, dass ihr nach mir gesucht habt", sagte er mit einer schwachen Stimme. „Ja, es stimmt. Ich bin fast verschwunden. Früher war ich stark und blühte prächtig, aber die Menschen haben den Wald verändert. Die neuen Straßen, die Häuser und all die Veränderungen haben mir den Raum genommen."

„Warum bist du dann noch hier?", fragte Mira neugierig.

„Weil ich nicht ganz aufgeben will", sagte Bromia. „Ich habe noch einige Wurzeln, die tief im Boden verankert sind. Doch ohne die anderen Pflanzen und die vielen Blumen, die früher um mich herum wuchsen, kann ich nicht mehr die Nahrung liefern, die meine Blüten früher boten. Es ist schwer, alleine zu überleben."

Greta senkte ihren Kopf. „Ich verstehe, Bromia. Der Wald verändert sich, und nicht alle können mitkommen. Aber das bedeutet nicht, dass wir aufhören sollten zu kämpfen."

Mira nickte. „Vielleicht gibt es noch Hoffnung. Vielleicht können wir dir helfen, wieder zu wachsen. Wenn wir den Wald zusammen bewahren, kann er sich vielleicht wieder erholen."

„Ja", sagte Greta mit Entschlossenheit, „wir müssen den Wald und all die Pflanzen, die noch übrig sind, schützen. Nicht nur die Brombeersträucher, sondern alle Pflanzen und Tiere, die vom Wald abhängen. Wir müssen den Menschen zeigen, wie wichtig es ist, auf die Natur zu achten."

„Es gibt viele Dinge, die wir tun können", sagte Bromia leise. „Aber zuerst müsst ihr verstehen, dass alles miteinander verbunden ist. Wenn ein Teil des Waldes verloren geht, verlieren auch die anderen etwas. Wir müssen dafür sorgen, dass der Wald nicht weiter zerbricht."

„Wir können einen neuen Anfang machen", sagte Mira entschlossen. „Ich werde den anderen Tieren von dir erzählen, Bromia. Wir müssen zusammenarbeiten und den Wald heilen."

Mit diesen Worten begannen Greta, Mira und Bromia, über mögliche Wege nachzudenken, wie sie den Wald wiederaufbauen und die Pflanzen und Tiere schützen konnten. Sie wussten, dass es nicht einfach werden würde, aber es gab immer Hoffnung, solange die Natur noch da war, um für sie zu kämpfen.

Hoffnung beginnt im Kleinen.

Selbst kleine Taten und stilles Wissen können Großes bewirken – wenn wir verbunden handeln.

Das Licht in der Nacht

Es war eine klare, aber kühle Nacht im Wald. Der Himmel war von unzähligen Sternen bedeckt, und der Mond schien sanft zwischen den Bäumen hindurch. Luzie, der Nachtfalter, liebte es, in der Dunkelheit zu fliegen. Die Nacht war für sie wie ein großer, weicher Teppich, auf dem sie sich frei bewegen konnte. Sie konnte den Wind in ihren Flügeln spüren und die Welt unter ihr im silbernen Mondschein betrachten. Doch heute Nacht war etwas anders.

Luzie flog über den Waldrand, aber plötzlich bemerkte sie etwas Ungewöhnliches. In der Ferne erstrahlte ein grelles, unnatürliches Licht, das durch die Bäume schimmerte. Es war ein künstliches Licht, das von einer Baustelle kam. Die Baustellenlampe war so hell, dass Luzie ihre vertrauten Sterne und den Mond fast nicht mehr sehen konnte. „Was ist das für ein grelles Licht?", dachte Luzie, während sie hinflog, neugierig, was es wohl war.

Doch als sie näher kam, merkte sie schnell, dass etwas mit diesem Licht nicht stimmte. Es fühlte sich nicht richtig an. Statt in ihre gewohnten Richtungen zu fliegen, wurde Luzie immer wieder von den grellen Strahlen des Lichts abgelenkt. Sie versuchte, sich wieder auf die Sterne und den Mond zu konzentrieren, aber das starke Licht veränderte ihre Orientierung.

„Ich kann mich nicht mehr orientieren!", rief Luzie verzweifelt. „Ich verliere den Mond aus den Augen und weiß nicht mehr, wo ich bin!"

Die hellen Lichter der Baustelle zogen sie immer weiter an. Luzie, die normalerweise nur dem natürlichen Licht des Mondes folgte, fand sich immer tiefer in einem unnatürlichen Glanz wieder. Sie flog immer weiter und weiter, bis sie schließlich völlig desorientiert war und nicht mehr wusste, wie sie zurück nach Hause kommen sollte.

In diesem Moment hörte sie eine sanfte, beruhigende Stimme von oben. Es war Orla, die weise Eule, die oft in der Dunkelheit des Waldes unterwegs war. Sie hatte Luzie schon eine Weile beobachtet.

„Luzie, du bist verloren", sagte Orla mit einer sanften Stimme. „Warum fliegst du immer weiter in das grelle Licht?"

Luzie sah nach oben und erkannte Orla, die ruhig auf einem Ast saß. „Ich habe den Mond verloren, Orla", sagte sie verzweifelt. „Das Licht dort unten hat mich in die Irre geführt. Ich kann den richtigen Weg nicht mehr finden."

„Es ist die Lichtverschmutzung", erklärte Orla. „Menschen haben diese grellen Lichter aufgestellt, die die Nacht stören und die Orientierung der Tiere verändern. Früher konnten sich Tiere wie du und ich am Mondlicht orientieren. Aber jetzt ist die Dunkelheit nicht mehr dunkel, und das natürliche Licht verschwindet."

Luzie nickte traurig. „Aber was soll ich tun, Orla? Ich kann nicht mehr zurückfliegen, wenn ich das Licht nicht finde!"

Orla sprach ruhig weiter: „Luzie, du bist ein Nachtflieger. Du bist dafür gemacht, dich im Dunkeln zurechtzufinden. Das Licht der Menschen hat dich abgelenkt, aber du musst lernen, wieder dem natürlichen Licht zu folgen. Der Mond ist da, auch wenn du ihn jetzt nicht sehen kannst. Du musst den Kopf frei machen und auf das natürliche Licht vertrauen."

Luzie schloss ihre Flügel für einen Moment und atmete tief ein. Sie erinnerte sich an all die Nächte, in denen sie nur dem Mond gefolgt war, und an das Gefühl der Freiheit, das sie beim Fliegen hatte. Mit einem mutigen Flügelschlag begann sie, sich wieder in die Dunkelheit zu bewegen, weg vom grellen Licht. Langsam und vorsichtig suchte sie den Mond, der hoch am Himmel stand, und folgte dem silbernen Schimmer.

„Da bist du!", rief Luzie voller Freude, als sie endlich den Mond wieder fand. Sie fühlte sich sicherer und ruhiger, als sie wusste, dass sie dem natürlichen Licht wieder folgte. Langsam und behutsam flog sie zurück in den Wald, weg vom störenden künstlichen Licht.

„Danke, Orla", sagte Luzie, als sie endlich wieder sicher im Dunkeln war. „Ich habe gelernt, dass das Licht, das uns führt, nicht immer das ist, was wir zuerst sehen. Wir müssen auf das natürliche Licht vertrauen, um den richtigen Weg zu finden."

Orla nickte weise. „Ja, Luzie. Die Dunkelheit hat ihren eigenen Wert. Sie gibt uns Orientierung und lässt uns den natürlichen Rhythmus des Lebens erkennen. Aber das natürliche Licht wird immer da sein, um uns den richtigen Weg zu zeigen, wenn wir darauf vertrauen."

Das Licht der Natur weist den Weg.

Lichtverschmutzung verwirrt – die Nacht und ihr
natürlicher Rhythmus brauchen Schutz und Acht-
samkeit.

Der Tanz der Käfer

An einem sonnigen Nachmittag im Wald war der Boden warm und weich, perfekt für Käthe, die kleine Mistkäferin. Sie war gerade dabei, ihre Kugel aus feuchtem Laub und Erde zu rollen. Käthe liebte ihre Arbeit. Jeden Tag sammelte sie alles, was sie finden konnte, um eine perfekte Kugel zu bauen. Sie wusste, dass diese Kugel nicht nur wichtig für sie war, sondern auch für den Wald.

„Je mehr ich rolle, desto gesünder wird der Boden", dachte sie stolz, als sie die Kugel vorsichtig über den weichen Boden schob. „Wenn ich die Erde gut belüfte und die Nährstoffe verteile, kann das Gras besser wachsen, und die Pflanzen bekommen mehr Nahrung."

Käthe war eine von vielen kleinen Käfern, die tagtäglich durch den Wald krabbelten, den Boden auflockerten und damit halfen, den Kreislauf der Natur aufrechtzuerhalten. Ohne sie wäre der Boden fest und unfruchtbar, und viele Pflanzen könnten nicht gedeihen.

In der Nähe hörte Dieter, der Dachs, das leise Rasseln der kleinen Käferbeine im Gras. Er schlich sich näher und beobachtete Käthe mit einem freundlichen Lächeln. „Du bist fleißig wie immer, Käthe", sagte er. „Der Wald braucht dich und deine Arbeit."

Käthe nickte, während sie die Erde unter ihren kleinen Füßen wühlte. „Es ist nicht immer leicht, Dieter. Aber ich weiß, wie wichtig es ist. Wenn ich die Erde umdrehe und meine Kugel rolle, helfe ich den Pflanzen, und die Tiere bekommen dann mehr zu fressen."

„Das ist wahr", sagte Dieter, „aber es ist auch nicht nur deine Arbeit. Wir alle müssen uns um den Wald kümmern. Wenn wir alle unseren Teil beitragen, bleibt der Wald gesund."

Käthe schob ihre Kugel weiter, und Max, der junge Feldhase, kam vorbei. Er war immer schnell unterwegs und beobachtete neugierig, was Käthe tat. „Du bist die ganze Zeit am Arbeiten, Käthe. Was hast du da in der Hand?" fragte er.

„Es ist eine Kugel aus Erde und Laub", erklärte Käthe. „Ich rolle sie, damit die Erde lockerer wird und die Pflanzen wachsen können."

„Das klingt wie ein Tanz", sagte Max begeistert. „Du tanzt mit der Erde!"

„Ja, du hast recht!", lachte Käthe. „Es ist wirklich ein Tanz. Der Tanz der Käfer!"

Max sprang aufgeregt hin und her. „Oh, das möchte ich auch lernen!"

„Komm schon, Max", rief Käthe, „hilf mir mit deiner schnellen Art, den Wald noch gesünder zu machen!"

Max begann, zusammen mit Käthe über das weite Feld zu springen, und so tanzten die beiden durch das Gras. Käthe rollte ihre Kugel, und Max sprang um sie herum, als ob er die Erde auflockerte. Der

Wald schien lebendig zu werden, als die beiden ihren Tanz fortsetzten.

Doch plötzlich bemerkten sie, dass der Boden an einigen Stellen etwas fest und trocken war. „Oh nein", sagte Käthe besorgt, „hier wird es immer schwerer, die Erde zu bearbeiten. Vielleicht hat es zu lange nicht geregnet."

„Dann müssen wir noch mehr dafür tun, dass der Boden wieder gesund wird", sagte Max entschlossen. „Lasst uns noch mehr tanzen!"

Und so tanzten sie weiter, immer schneller, bis sie von Dieter, dem Dachs, und Fanny, der Füchsin, unterstützt wurden. Dieter grub mit seinen kräftigen Pfoten tiefe Rillen in den Boden, und Fanny half, die Erde vorsichtig zu verteilen.

„Gemeinsam können wir den Boden wieder lebendig machen", sagte Dieter und grunzte zufrieden.

„Der Tanz ist wirklich ansteckend", sagte Fanny lachend, als sie mit ihren Pfoten die Erde lockerte. „Es ist erstaunlich, wie viel wir zusammen bewegen können."

Am Ende des Tages war der Boden viel lockerer und fruchtbarer geworden. Die Pflanzen konnten nun besser atmen, und die Tiere würden im Frühling reichlich Nahrung finden. Käthe hatte den Boden mit ihren kleinen Händen bearbeitet, Max hatte den Tanz unterstützt, und Dieter und Fanny hatten ihre eigenen Fähigkeiten eingebracht.

„Wir haben es gemeinsam geschafft!", rief Max stolz.

„Ja", sagte Käthe zufrieden und blickte auf die veränderte Erde. „Und das ist der Tanz der Käfer. Ein Tanz, der den Wald gesund hält."

Kleine Leben, große Wirkung.

Auch das Unsichtbare hält das Gleichgewicht. Insekten und Kleinsttiere tragen die Welt.

Der Duft der alten Wiese

Es war ein ruhiger Frühlingstag, als Pino, der Pilz, aus dem Boden ragte und in die Luft schnupperte. Der Wald um ihn herum war immer noch wunderschön, aber etwas fühlte sich anders an. Der Boden unter ihm war weich, doch die Luft, die er einatmete, war nicht mehr so frisch und duftend wie früher. Es fehlte etwas.

Pino hatte viele Jahre im Wald verbracht und wusste, wie sich die Dinge veränderten. Früher gab es eine Wiese, die grün und lebendig war, mit vielen Blumen und bunten Schmetterlingen. Der Duft der Blumen war immer in der Luft gewesen, und die Wiese hatte eine ganz besondere Magie gehabt. Doch heute war diese Wiese verschwunden. Der Boden war jetzt von Asphalt bedeckt, und anstelle der Blumen standen dort große, kalte Gebäude.

„Es fühlt sich an, als ob der Wald weniger lebt", dachte Pino traurig. „Früher war alles voller Duft und Leben, aber jetzt… Jetzt ist es still."

Pino senkte seine „Kopf" und spürte die Veränderung unter der Erde. Früher war er nicht allein gewesen. Seine Wurzeln und die Wurzeln der Bäume waren miteinander verbunden und die Blumen hatten den Boden mit ihren Farben erleuchtet. Jetzt gab es weniger Wurzeln, weniger Blumen und weniger Leben in der Luft. Der Duft der alten Wiese war verschwunden.

„Was ist nur mit dem Wald passiert?", murmelte Pino. „Es ist nicht mehr so, wie es war. Die Veränderung schmerzt."

In diesem Moment bemerkte er eine Bewegung in der Nähe. Es war Greta, das Grasbüschel, das im ganzen Wald wuchs. Sie schien den Wind zu spüren, der über den Boden wehte, und ihre Blätter wogen sich sanft hin und her.

„Hallo, Pino", sagte Greta freundlich. „Warum schaust du so nachdenklich?"

Pino erzählte ihr von seiner Traurigkeit. „Früher war alles so schön, Greta. Die Wiesen blühten, die Blumen dufteten, und der Wald war voller Leben. Aber jetzt ist alles verändert. Die Wiese ist verschwunden, und der Duft, den wir früher spüren konnten, ist fort."

Greta dachte einen Moment nach. „Es stimmt, dass der Wald sich verändert hat. Vieles ist verschwunden, und der Mensch hat viele Teile des Waldes verändert. Aber Pino, du darfst nicht vergessen, dass der Wald trotzdem weiterlebt. Die Natur ist stark, auch wenn sie manchmal eine Weile braucht, um sich zu erholen."

Pino blickte skeptisch auf. „Aber die Wiese, Greta... Sie ist nicht mehr da. Und die Blumen auch nicht. Wie soll sich die Natur jemals wieder erholen, wenn alles verloren ist?"

Greta nickte mit ihrem zarten, grünen Kopf. „Ich verstehe deine Sorgen, Pino. Aber weißt du, die Natur hat eine unglaubliche Fähigkeit zur Heilung. Die alten Wurzeln, die in den Boden eingedrungen sind, sind noch da, auch wenn wir sie nicht sehen können. Und die Samen, die der Wind trägt, haben das Potenzial, neue Pflanzen zu werden. Auch die Bienen fliegen weiter und suchen nach den letzten Blumen, die noch da sind. Der Wald ist nicht tot, er ist im Wandel, und Wandel braucht Zeit."

„Also gibt es noch Hoffnung?", fragte Pino vorsichtig.

„Ja, Pino", sagte Greta mit einem sanften Lächeln. „Es gibt immer Hoffnung. Auch wenn es lange dauert, bis sich die Natur wieder erholt, wird sie es tun. Es gibt immer Wege, auf denen das Leben zurückkommt, manchmal leise und langsam, aber stetig. Denke an die Bäume, die in den Himmel wachsen, oder an den Regen, der den Boden nährt. Veränderung ist nicht das Ende, sondern der Beginn von etwas Neuem."

Pino hob seinen Kopf und schaute sich die Umgebung genauer an. Er spürte, wie der Boden unter ihm noch immer lebendig war. Zwar war der Duft der alten Wiese verschwunden, aber er roch das frische Gras und die feuchte Erde, die den Wald weiterhin am Leben hielten.

„Du hast recht, Greta", sagte Pino nachdenklich. „Vielleicht ist der Wald im Wandel, aber er lebt weiter. Und vielleicht wird er eines Tages wieder genauso lebendig sein wie früher. Ich kann es kaum erwarten, zu sehen, wie der Wald sich erholt."

Greta nickte und sagte: „Das ist der Weg der Natur. Sie wird immer weiter wachsen, sich verändern und immer neue Wege finden, um zu gedeihen. Und auch wir, die wir hier leben, können einen Teil dazu beitragen, dass der Wald wieder mehr Leben bekommt. Indem wir auf ihn achten, ihn schützen und ihm Zeit geben, sich zu erholen."

Pino fühlte sich ein wenig leichter. Vielleicht war nicht alles verloren. Der Wald würde sich verändern, aber er würde auch weiterleben. Und in diesem Wissen fand Pino Trost und Hoffnung.

Wandel bringt neues Leben.

Verlust ist nicht das Ende. Die Natur findet Wege – wenn wir achtsam und geduldig sind.

Was summt da noch?

Es war ein stiller Morgen im Wald, und der Nebel lag sanft auf den Wiesen. Die Tiere hatten sich im Schatten der Bäume versammelt, um über das nachzudenken, was in ihrem Wald geschehen war. Der Wald hatte sich verändert, und viele von ihnen, die kleinen, oft übersehenen Lebewesen, hatten Schwierigkeiten, ihren Platz zu finden.

Anton, die schlaue Ameise, stand zusammen mit Bina, der jungen Wildbiene, und Sima, der Smaragdeidechse, auf einer Lichtung. Sie hatten ihre Wege durch die vielen Veränderungen des Waldes gefunden, aber jeder von ihnen wusste, dass etwas fehlte. Das Summen der Insekten war leiser geworden, und der Wald wirkte weniger lebendig.

„Es ist still geworden", sagte Anton nachdenklich. „Früher gab es hier so viele Ameisenstraßen, die sich wie Flüsse durch den Boden zogen. Jetzt ist es viel ruhiger."

„Und auch das Summen der Bienen ist fast verschwunden", fügte Bina hinzu. „Die Blumen sind weniger geworden, und das Hotel, in dem wir leben, ist leer. Es gibt keinen Nektar mehr, nur noch leere Räume."

„Ich habe das Summen der Insekten immer gehört, als ich durch die alten Baracken streifte", sagte Sima leise. „Jetzt, wo die Gebäude renoviert wurden, gibt es nur noch den Klang von Maschinen und Menschen, aber nichts Lebendiges."

In diesem Moment hörten sie ein bekanntes Geräusch – Dreibein, der Igel, trat aus dem Gebüsch und kam langsam auf sie zu. Er hatte alles beobachtet und wusste, dass es Zeit war, ein Gespräch zu führen.

„Ihr habt recht", sagte Dreibein, als er sich neben die anderen setzte. „Der Wald hat sich verändert. Viele von uns spüren die Stille, die gekommen ist, seitdem der Mensch immer mehr in unsere Welt eingreift. Aber wisst ihr, was mich tröstet?"

Die Tiere schauten ihn neugierig an.

„Es gibt immer noch Tiere wie euch, die ihren Platz im Wald finden", sagte Dreibein und sah jedes von ihnen an. „Ihr seid die kleinen Akteure, die trotz der Veränderungen hier sind. Ihr summt, krabbelt und rollt weiter, und das ist der erste Schritt, den Wald zu retten. Solange es Tiere wie euch gibt, ist noch nicht alles verloren."

„Aber wie können wir helfen?" fragte Bina mit einem traurigen Blick. „Die Blumen sind weniger geworden, und die Menschen tun wenig, um den Wald wirklich zu schützen."

Dreibein nickte. „Es ist wahr, dass wir die großen Veränderungen nicht alleine aufhalten können. Aber was wir tun können, ist, gemeinsam zu handeln. Ihr, Bina, ihr haltet den Wald am Leben, indem ihr den Nektar sucht und die Blumen bestäubt. Anton, du und deine Kolonne seid unermüdlich auf dem Boden und sorgt dafür, dass er sauber bleibt. Und du, Sima, du beobachtest die Veränderungen und bewahrst die Erinnerungen an die alten Tage."

„Ja", sagte Bina, „aber was ist mit all den verlorenen Blumen und den Insekten, die nicht mehr da sind?"

„Jede kleine Tat zählt", antwortete Dreibein. „Vielleicht können wir nicht alles zurückbringen, was verloren gegangen ist, aber wir können den Wald wieder lebendig machen, indem wir uns gegenseitig unterstützen. Es sind die kleinen Dinge, die zusammenkommen, die einen Unterschied machen."

In diesem Moment trat auch Fanny, die Füchsin, hinzu. Sie hatte das Gespräch gehört und fühlte sich ebenfalls berührt. „Dreibein hat recht. Wenn wir zusammenarbeiten, können wir den Wald wieder aufbauen. Wir müssen den Menschen zeigen, wie wichtig es ist, die Natur zu respektieren und sie zu schützen. Vielleicht können wir etwas tun, damit der Wald wieder blüht, wie er es einst tat."

„Wir können den Wald nicht alleine retten", fügte Orla, die weise Eule, hinzu, die sich von einem Ast herab niederließ. „Aber wenn wir uns vereinen und den anderen Tieren und Pflanzen helfen, wird der Wald langsam wieder heilen. Es liegt in unserer Hand, das Gleichgewicht wiederherzustellen."

„Vielleicht können wir mit den Menschen sprechen", sagte Fanny nachdenklich. „Wenn wir ihnen zeigen, wie wichtig der Wald für uns alle ist, werden sie verstehen, dass wir gemeinsam Verantwortung tragen."

„Genau", sagte Dreibein und blickte zu seinen Freunden. „Es ist die Verbindung, die uns stark macht. Wenn wir alle groß und klein zusammenhalten, können wir einen Unterschied machen. Der Wald ist unser Zuhause, und es liegt an uns, es zu bewahren."

Die Tiere schauten sich an, und ein Gefühl der Hoffnung erfüllte sie. Sie wussten, dass der Weg lang und schwer sein würde, aber sie waren nicht allein. Zusammen würden sie den Wald schützen und wieder zum Leben erwecken.

„Und wer weiß", sagte Dreibein mit einem Lächeln, „vielleicht wird das Summen bald wieder zurück-kehren, wenn wir alle unser Bestes geben."

Jede Tat zählt.

Auch kleine Schritte verändern die Welt – wenn wir sie gemeinsam gehen.

Nachwort

Die Geschichten in diesem Band entspringen wahren Beobachtungen – kleinen Momenten des Staunens über das, was lebt, sich anpasst und verschwindet.

Insekten, Eidechsen, Pflanzen – oft übersehen, oft unterschätzt. Doch gerade sie tragen das Netz des Lebens.

Mit diesen Fabeln lade ich dazu ein, genauer hinzusehen. Die Stimmen sind leise, aber sie sind da.

– Lea Rotschachen